Babá de Dragão Decolando

Copyright do texto © 2013 by Josh Lacey
Copyright das ilustrações © 2013 by Garry Parsons

Publicado originalmente na Grã-Bretanha, em 2013,
por Andersen Press Limited

Grafia atualizada segundo o Acordo Ortográfico da Língua Portuguesa de 1990, que entrou em vigor no Brasil em 2009.

Título original
THE DRAGONSITTER – TAKES OFF

Revisão
FERNANDA A. UMILE
KARINA DANZA

Composição
MAURICIO NISI GONÇALVES

CIP-Brasil. Catalogação na Fonte
Sindicato Nacional dos Editores de Livros, RJ

L133b
  Lacey, Josh
   Babá de dragão : decolando / Josh Lacey ; Tradução Claudia Affonso e Alexandre Boide ; Ilustração Garry Parsons. - 1ª ed. - São Paulo : Escarlate, 2016.

   Tradução de: Dragonsitter – Takes Off.
   ISBN 978-85-8382-041-3

   1. Ficção infantojuvenil inglesa. I. Parsons, Garry. II. Affonso, Claudia. III. Boide, Alexandre. IV. Título.

	CDD: 028.5
16-34185	CDU: 087.5

6ª reimpressão

Todos os direitos desta edição reservados à
SDS EDITORA DE LIVROS LTDA.
Rua Bandeira Paulista, 702, cj. 71D
04532-002 — São Paulo — SP — Brasil
☎ (11) 3707-3500
www.companhiadasletras.com.br/escarlate
www.blogdaletrinhas.com.br
/brinquebook
@brinquebook

Babá de Dragão
Decolando

Josh Lacey

Ilustrações de Garry Parsons

Tradução de Claudia Affonso e Alexandre Boide

De: Eduardo Smith-Pickle
Para: Morton Pickle
Data: Segunda-feira, 17 de outubro
Assunto: Má notícia

Querido tio Morton,

Sei que você não quer ser incomodado, mas tenho uma péssima notícia.

O Ziggy desapareceu.

A mamãe disse que, quando foi deitar, ele estava dormindo no tapete, mas hoje de manhã não o encontramos em lugar nenhum.

Desculpe-me, tio Morton, de verdade. Estamos cuidando dele há apenas uma noite, e ele já fugiu.

Ele deve odiar nossa casa.

Na verdade, ele parecia deprimido quando você o deixou aqui. Comprei de presente para ele um pacote de bolinhas de chocolate, mas o Ziggy não comeu nenhuma.

Estou lendo as instruções que você deixou anotadas. Tem muitas informações úteis sobre os horários das refeições e o corte das garras, mas nada sobre o que fazer se ele desaparecer.

Precisamos ir atrás dele, tio Morton? Se for o caso, onde?

Edu

De: Eduardo Smith-Pickle
Para: Morton Pickle
Data: Segunda-feira, 17 de outubro
Assunto: Ainda desaparecido

Querido tio Morton,

Nós voltamos da escola e o Ziggy ainda não está aqui.

Quando voltávamos para casa, Emily disse que o viu tomando um lanchinho em um café.

Eu já estava correndo para buscá-lo quando ela gritou: — É brincadeira!

Não sei por que ela se acha engraçada, porque realmente não é nem um pouco.

A mamãe ligou para o sr. McDougall. Ele disse que poderia remar até a sua ilha amanhã logo cedo e procurar o Ziggy. Não dá para ir agora, porque tem uma tempestade a caminho.

Eu aviso assim que soubermos de alguma coisa.

Edu

De: Eduardo Smith-Pickle
Para: Morton Pickle
Data: Segunda-feira, 17 de outubro
Assunto: LEIA ESTE PRIMEIRO!
Anexo: Armário

Querido tio Morton,

Não se preocupe com os *e-mails* anteriores. Nós encontramos o Ziggy.

Ele estava no armário de roupas de cama. Eu acho que ele se escondeu lá porque é gostoso e quentinho.

Foi a mamãe que o encontrou. Seria de se imaginar que ela tivesse ficado contente, mas, na verdade, ela ficou furiosa. Disse que não queria um dragão sujo bagunçando os lençóis limpos. Ela o agarrou pelo focinho e tentou puxá-lo para fora. Ele não gostou nem um pouco. Por sorte, a mamãe fugiu rápido, ou ele teria colocado fogo nas mãos dela.

Acho que ela vai cobrar de você o que gastar repintando a parede. Tem uma

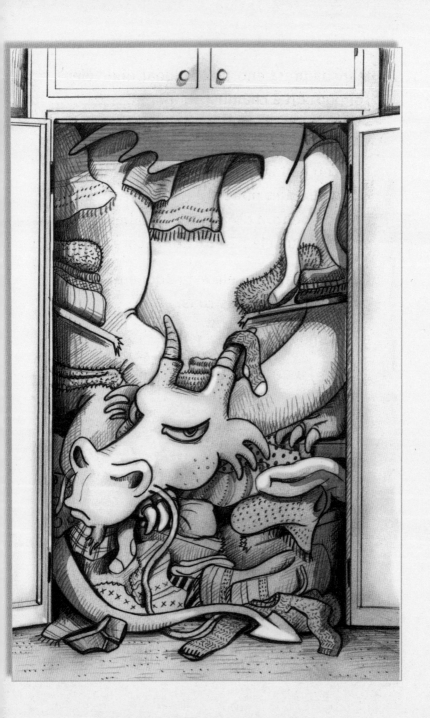

mancha preta enorme no lugar onde ele soltou fogo e chamuscou a tinta.

Ainda acho que ele deve estar deprimido.

Hoje no jantar teve macarrão com queijo. Eu separei um pouco para o Ziggy e deixei do lado de fora do armário. Acabei de verificar que ele não tocou na comida.

Mas, pelo menos, ele está aqui e não perambulando pelas ruas.

Com amor,

Edu

De: Eduardo Smith-Pickle
Para: Morton Pickle
Data: Terça-feira, 18 de outubro
Assunto: Ziggy
Anexo: "Mostre e explique"

Querido tio Morton,

Só queria avisar que nada mudou.

Ziggy não quer saber de sair do armário de roupas de cama.

Ele ainda não comeu nada. Nenhuma bolinha de chocolate.

Estou bem preocupado com ele.

Para ser sincero, também estou irritado, porque queria levá-lo comigo para a escola hoje.

Quando contei à srta. Brackenbury o motivo de não ter levado nada para o "mostre e explique", ela deu risada e disse que posso levar na semana que vem.

Espero que o Ziggy tenha saído do armário até lá.

Edu

De: Morton Pickle
Para: Eduardo Smith-Pickle
Data: Quarta-feira, 19 de outubro
Assunto: Re: Ziggy
Anexo: O santuário

Oi Edu,

Desculpe por não ter respondido antes, mas estamos proibidos de usar equipamentos eletrônicos no retiro. Eu tive de descer até o vilarejo para ler meus *e-mails*.

Por favor, diga à sua mãe que lamento muito pela roupa de cama e que vou comprar tudo novo para ela. E não se preocupe com o apetite do Ziggy: se tiver fome, ele vai comer.

Mais uma vez obrigado por cuidar dele para mim. Caso contrário, eu nunca poderia estar aqui.

O retiro é cansativo e estranhamente maravilhoso. Nós acordamos às cinco da manhã e passamos quatro horas sentados em silêncio antes do café da manhã. O resto do dia é dedicado à ioga, parando apenas para uma refeição de arroz indiano com curry. Minha mente está limpa, e meu corpo consegue se contorcer de umas formas que seriam impossíveis até uma semana atrás.

Com amor, do seu afetuoso tio,

Morton

De: Eduardo Smith-Pickle
Para: Morton Pickle
Data: Quinta-feira, 20 de outubro
Assunto: Pergunta importante
Anexo: Ovo

Querido tio Morton,

Tem certeza de que o Ziggy é macho?

Eu acho que ele deve ser fêmea.

Quer dizer, acho que ela deve ser fêmea.

Você deve estar se perguntando por que eu acho isso, e a resposta é bem simples.

Ela botou um ovo no armário de roupas de cama.

Agora entendo por que estava ficando o tempo todo lá. Não era só por ser gostoso e quentinho; ela fez um ninho com as roupas de cama limpas da mamãe.

O ovo é verde e brilhante e tem o tamanho de um capacete de ciclista.

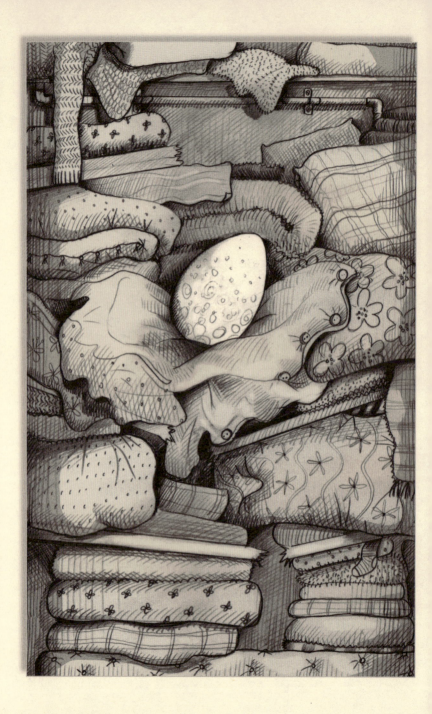

Você acha que eu posso levar para a escola, para o "mostre e explique" da semana que vem?

Prometo que não vou deixar cair.

A Ziggy ainda não está comendo. A mamãe disse que ela ficava faminta quando estava grávida de mim e da Emily, mas talvez os dragões sejam diferentes.

Edu

> **De:** Eduardo Smith-Pickle
> **Para:** Morton Pickle
> **Data:** Sexta-feira, 21 de outubro
> **Assunto:** Rachadura!

Querido tio Morton,

Apareceu uma pequena rachadura no ovo. Tenho certeza de que não estava lá ontem.

A mamãe disse que preciso ir para a escola, mas eu não quero. E se o bebê nascer quando eu não estiver aqui?

Ela está me chamando. Preciso ir.

Isso não é justo!

Se você ler isto, por favor, por favor, por favor ligue para a mamãe e diga a ela que alguém precisa ficar com o ovo?

Edu

De: Eduardo Smith-Pickle
Para: Morton Pickle
Data: Sexta-feira, 21 de outubro
Assunto: Rachando

Querido tio Morton,

Fico contente em anunciar que o bebê ainda não chegou.

Quando a mamãe nos pegou na escola e nos trouxe para casa, subi as escadas correndo até o armário.

O ovo ainda estava lá.

Mas não parece mais o mesmo. Está coberto de rachaduras.

E também fica se sacudindo e tremendo como se alguma coisa estivesse se mexendo por baixo da casca.

Eu não vou nem dormir hoje à noite.

Edu

De: Eduardo Smith-Pickle
Para: Morton Pickle
Data: Sábado, 22 de outubro
Assunto: Chegou
Anexos: O primeiro passo; Recém-nascido

Querido tio Morton,

Este é o dia mais incrível da minha vida. Eu vi o nascimento de um bebê dragão.

Não fiquei acordado a noite toda. A mamãe nos obrigou a ir para a cama.

Tentei dar uma fugidinha do meu quarto, mas ela ouviu e me mandou de volta.

Depois tentei ficar acordado na cama, mas devo ter cochilado, porque quando abri os olhos eram 6h43.

Saí da cama e fui andando na ponta dos pés pelo corredor até o armário das roupas de cama. Pensei que tivesse perdido tudo, mas o ovo ainda estava inteiro.

Mas não parecia mais o mesmo de novo.

Estava coberto de centenas de pequenas rachaduras.

Devo ter ficado lá por pelo menos meia hora, olhando e esperando, mas nada aconteceu.

Eu já ia descer a escada para pegar alguma coisa para comer quando a casca quebrou e uma perna apareceu.

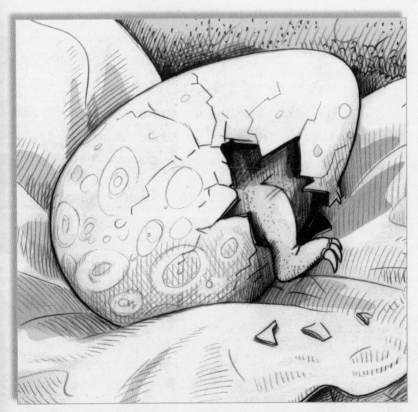

Fiquei totalmente paralisado. Acho que não estava nem respirando.

A perninha verde começou a chacoalhar e se sacudir. Dava para ver as quatro garrinhas se abrindo e fechando como se estivessem tentando pegar alguma coisa.

Eu pensei que a Ziggy fosse querer fazer alguma coisa, mas ela ficou só olhando.

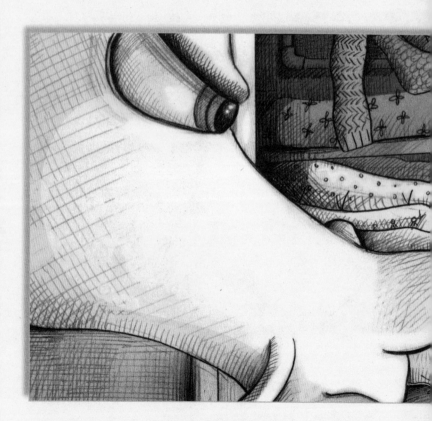

De repente, mais um pedaço de casca se rompeu e outra perna apareceu.

Depois um pouco do corpo. E a cabeça.

E lá estava.

Um bebê dragão quase do tamanho de uma pomba pequena.

Ele saiu da casca do ovo e rolou para cima de uma fronha, deixando uma trilha de casca quebrada.

Se eu o tivesse pegado (o que não fiz), caberia na palma da minha mão.

Foi quando a Ziggy finalmente deu atenção ao bebê. Ela se inclinou sobre ele e começou a lambê-lo.

Eu desci as escadas correndo para pegar comida na geladeira. A Ziggy ainda se recusava a comer, mas o bebê parecia faminto. Ele bebeu uma tigela de leite, comeu duas batatas frias e meia linguiça.

Eu queria dar a ele um pedacinho de chocolate como um agrado, mas não sei se doces fazem bem para os bebês.

Gostaria que você estivesse aqui para ver isso.

Com amor,

Edu

> **De:** Morton Pickle
> **Para:** Eduardo Smith-Pickle
> **Data:** Domingo, 23 de outubro
> **Assunto:** Re: Chegou
> **Anexo:** Cuidado com o dragão

Oi Edu,

Fiquei muito feliz em receber seu *e-mail* e as lindas fotografias. Que notícia maravilhosa! Estou muito contente, mas também com muita inveja. Um dos meus maiores desejos sempre foi presenciar o nascimento de um dragão.

E também estou me sentindo muito burro. Nunca me ocorreu que a Ziggy pudesse ser fêmea. Acho que poderia ter verificado, mas conheci um homem que perdeu três

dedos fazendo isso, então nunca tentei.

O que me faz lembrar: não toque no bebê! Ele pode morder.

Discuti a minha situação com o mestre Fasmirrir, e ele me recomendou não interromper o retiro. Você se importaria de cuidar da Ziggy e do bebê por mais alguns dias? Talvez possa voltar, como planejado, no final da semana.

Morton

De: Eduardo Smith-Pickle
Para: Morton Pickle
Data: Domingo, 23 de outubro
Assunto: Arthur
Anexo: Bebê feliz

Querido tio Morton,

Não precisa se preocupar com as mordidas do bebê. Ele é muito dócil e bonzinho. Ele só brinca, come e dorme.

Ele faz cocô também, mas bem pequenininho, por isso não me incomodo em limpar.

Emily disse que ele é a coisa mais fofa que ela já viu.

Eu coloquei o nome dele de Arthur. Espero que você goste. Se preferir algum outro nome, por favor me avise AQP.

Claro que não sei se é macho ou fêmea, e não vou tentar descobrir, mas parece ser menino.

Se ele botar um ovo, você pode mudar o nome dele para Gwendoline? Foi Emily que escolheu, e eu prometi a ela que usaria esse nome se fosse fêmea.

Agora ele está deitadinho com a Ziggy no armário. A mamãe está cozinhando espaguete à bolonhesa para o jantar, inclusive para os dragões.

Com amor,

Edu

De: Eduardo Smith-Pickle
Para: Morton Pickle
Data: Segunda-feira, 24 de outubro
Assunto: Socorro!
Anexos: Ele; Revide da mamãe

Querido tio Morton,

Tem um dragão gigantesco no nosso jardim, e ele não quer ir embora.

Ele chegou bem na hora de irmos para a cama. A mamãe saía do banho quando ouvimos uma pancada terrível.

A mamãe pensou que o telhado tinha desmoronado. Eu fiquei com medo de que um asteroide tivesse se chocado contra a casa.

Fomos correndo lá fora para olhar.

A primeira coisa que vimos foi a antena da TV caída no meio do jardim.

Umas vinte telhas também estavam caídas lá.

Depois, descobrimos o porquê.

Um dragão enorme estava pousado sobre a casa. Soltando fumaça pelas narinas e com a cauda balançando de um lado para o outro, arrancando ainda mais telhas do telhado.

A Ziggy deve ter ouvido o barulho também, porque veio ver o que estava acontecendo.

Assim que ela viu o dragão, soltou uma chama enorme na direção dele. Pensei que estivesse dizendo "Oi", mas logo percebi que queria mandá-lo embora.

Mas o dragãozão avançou na direção dela, soltando chamas pelas narinas.

A Ziggy fugiu para dentro de casa, protegendo o Arthur com seu corpo.

O dragãozão tentou entrar também, mas a mamãe o tocou para fora. Ela bateu no nariz dele com uma vassoura.

Eu disse que era melhor tomar cuidado, mas a mamãe falou que não tinha medo de um dragão bobo, por mais furioso que ele parecesse estar.

Ela ligou para você sete vezes. Eu avisei que você estava sem telefone, mas ela continuou mesmo assim.

Se você ler este *e-mail*, por favor ligue para cá AQP.

Edu

De: Eduardo Smith-Pickle
Para: Morton Pickle
Data: Segunda-feira, 24 de outubro
Assunto: Adeus????
Anexo: Espero que ele não fique com fome

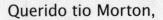

Querido tio Morton,

O dragãozão ainda está aqui. Está deitado no quintal, nos vigiando pela janela, como se esperasse o momento certo para quebrar o vidro e entrar.

Ele tem olhos assustadores.

Você acha que pode ser o pai do Arthur? É por isso que está aqui? Ele veio ver o filho?

Mas por que a Ziggy não deixa?

Os dragões costumam se divorciar?

A mamãe diz que eu preciso ir para a cama agora.

Se não receber mais nenhuma mensagem minha, é porque eu fui comido por um dragão enorme.

Edu

De: Eduardo Smith-Pickle
Para: Morton Pickle
Data: Terça-feira, 25 de outubro
Assunto: Ainda estou por aqui
Anexo: Um doce de mamãe

Querido tio Morton,

Todos nós ainda estamos por aqui. Inclusive o dragão. Ele passou a noite no jardim. Não sobrou muita coisa das plantas da mamãe.

Acho que quer conversar com a Ziggy. Fica cuspindo um monte de fogo na direção dela e fazendo uns barulhos estranhos que parecem latidos.

Ela deve estar ouvindo tudo, mas finge que não. Fica só deitada na cozinha conversando com a mamãe.

Não sei por que elas ficaram tão amigas assim de repente.

Quando perguntei para a mamãe, ela respondeu: — Solidariedade feminina.

Preciso ir para a escola agora. Estou levando o Arthur para o "mostre e explique". Ele vai comigo em uma caixa de sapatos. Espero que a srta. Brackenbury goste dele.

Com amor,

Edu

De: Eduardo Smith-Pickle
Para: Morton Pickle
Data: Terça-feira, 25 de outubro
Assunto: Preso
Anexo: Sem saída

Querido tio Morton,

Sou eu de novo.

Não conseguimos sair de casa. O dragãozão bloqueou a porta.

A mamãe disse para ele sair do caminho, mas ele ignorou.

Eles ficaram se encarando por um bom tempo.

Você sabe como a mamãe fica quando está furiosa, mas o dragão nem sequer piscou.

Alguém ia ter de se mexer primeiro, e foi o dragão.

Ele soltou um jato de chama quente na nossa direção.

A mamãe nos empurrou para dentro e bateu a porta.

Tentamos escapar mais duas vezes, mas ele estava lá esperando.

Então não pudemos ir para a escola, o que foi bem legal.

Talvez esse dragãozão não seja tão ruim no fim das contas.

Edu

De: Eduardo Smith-Pickle
Para: Morton Pickle
Data: Terça-feira, 25 de outubro
Assunto: Contas

Querido tio Morton,

Eu estava errado. Ficar em casa é muito pior do que ir para a escola. A mamãe nos obrigou a fazer contas a manhã toda. E vai nos mandar fazer mais à tarde.

Por sorte, eu tive uma ideia de como sair daqui.

Lembrei do que você disse uma vez sobre ter domado um dragão enorme na Mongólia Exterior com uma mochila cheia de chocolate.

Vou tentar esse truque com este aqui.

Me deseje sorte!

Edu

De: Eduardo Smith-Pickle
Para: Morton Pickle
Data: Terça-feira, 25 de outubro
Assunto: Chocolate

Querido tio Morton,

Não funcionou.

A mamãe me viu indo para a porta carregando um monte de doces e confiscou tudo.

Agora ela e a Ziggy estão sentadas no sofá, vendo televisão e dividindo um pacote de bolinhas de chocolate.

Eu disse para a mamãe que ela estava comendo nossa única chance de escapar, mas ela riu.

Acho que vamos ficar presos aqui para sempre.

Edu

De: Eduardo Smith-Pickle
Para: Morton Pickle
Data: Quarta-feira, 26 de outubro
Assunto: Por favor, ligue!

Anexos: Bagunça; Penas

Querido tio Morton,

Eu sei que você não pode falar ao telefone até sexta-feira, mas, *por favor*, poderia ligar para cá?

Hoje está muito pior do que ontem.

Os dragões ficaram brigando a manhã toda. O grandão quebrou a porta dos fundos e causou um alvoroço dentro de casa. Ele derrubou a televisão e quebrou a mesa da cozinha ao meio. E também derrubou quase todos os quadros da parede.

Precisamos ficar trancados no banheiro.

Só saímos quando a casa, enfim, ficou em silêncio.

A Ziggy expulsou o dragãozão para o jardim. Não sei como ela fez isso.

Ela e o Arthur estão deitados no que sobrou do sofá. Todas as almofadas estão rasgadas. Tem penas por toda parte.

Emily está muito triste porque não temos lugar para sentar.

Já eu estou mais preocupado com o que o dragãozão vai fazer a seguir.

A mamãe ligou para o retiro e falou com o mestre Fasmirrir. Ele disse que você não podia ser incomodado.

A mamãe disse que era uma emergência, mas o mestre Fasmirrir não mudou de ideia.

Se você ler este *e-mail*, por favor, ligue para ela.

Edu

De: Morton Pickle
Para: Eduardo Smith-Pickle
Data: Quarta-feira, 26 de outubro
Assunto: Re: Por favor, ligue!
Anexo: Meditação

Oi Edu,

Desculpe, mas eu não posso sair do retiro antes. O mestre Fasmirrir disse que isso

causaria perturbações permanentes na minha paz interior.

Devo sair correndo daqui assim que amanhecer na sexta-feira, e vou direto para sua casa.

Não sei exatamente por que o dragãozão está incomodando vocês, mas imagino que ele não seja diferente de qualquer outro pai orgulhoso, que quer só conhecer o filho. Que tal vocês deixarem os dois passarem um tempo juntos?

Se isso não for possível, por que vocês três não saem de casa e ficam em um hotel?

Pode dizer para sua mãe que eu pago a conta do quarto, claro.

M

De: Eduardo Smith-Pickle
Para: Morton Pickle
Data: Quarta-feira, 26 de outubro
Assunto: Hotel

Querido tio Morton,

A mamãe não gostou da sua ideia.

Ela passou uns quinze minutos se perguntando por que está cercada de homens tão egoístas.

Acho que ela se referia a você, ao papai e ao dragão. E talvez a mim também. Não tenho certeza.

De qualquer forma, tio Morton, você não poderia pedir uma permissão especial para vir embora mais cedo?

Caso contrário, vai ter de pagar muito mais do que uma noite em um hotel.

Se os dragões continuarem desse jeito, você vai ter de comprar uma casa nova para nós.

Edu

De: Eduardo Smith-Pickle
Para: Morton Pickle
Data: Quarta-feira, 26 de outubro
Assunto: Voando

Anexos: Para cima; Para cima; E para longe!

Querido tio Morton,

Você não vai acreditar no que acabou de acontecer.

Eu estava sentado na sala com o Arthur e a Ziggy, quando o dragãozão apareceu na janela. Ele começou a soltar fogo e a fazer aqueles barulhos estranhos que parecem latidos.

É claro que eu não sei o que ele estava dizendo, mas deu para ver que a Ziggy estava entendendo. Então, pareceu que ela resolveu conversar com ele. Finalmente, ela foi até a porta.

Ela me olhou. Eu entendi o que ela queria. Destranquei a fechadura. Nós três fomos lá para fora: primeiro a Ziggy, depois o Arthur e por último eu.

O dragãozão começou a balançar as asas, primeiro devagar e depois cada vez mais rápido.

Arthur pulou nas costas dele.

Eles subiram para o ar.

Pensei que seria a última vez que eu veria os dois. Queria que a mamãe e a Emily estivessem lá para se despedir. Quando olhei para a Ziggy, vi que ela estava abaixando o pescoço para o chão.

Tinha uma expressão estranha nos olhos dela.

Percebi que era um convite.

Fiquei feliz que a mamãe e a Emily estavam no andar de cima, porque, se elas tivessem visto aquilo, teriam gritado para eu voltar para casa.

Mas eu estava sozinho. Então, deu para fazer o que eu queria.

Coloquei a perna sobre o pescoço da Ziggy e subi nas costas dela. Assim que eu sentei, as asas dela se sacudiram e nós saímos voando...

passamos pelas árvores... e fomos subindo... por cima dos telhados... e fomos subindo e subindo e subindo e subindo e subindo e subindo.

Eu estava voando!

Eu sabia que não devia olhar para baixo, mas não consegui me conter. O jardim já estava parecendo bem pequeno.

Dava para ver o outro dragão acima de nós, o contorno enorme do seu corpo contra o céu.

Fomos cada vez mais alto e mais alto, até sermos engolidos pelas nuvens. Eu não conseguia ver nada além de toda aquela brancura. E também estava muito frio. Se a Ziggy não fosse tão quentinha, eu teria congelado.

Então, de repente, passamos para cima das nuvens; estávamos em um céu ensolarado. O dragãozão estava bem à nossa frente. Com mais algumas batidas de asas, a Ziggy o alcançou.

Dava para ver o Arthur pulando nas costas do pai, mas eu estava com os braços bem firmes em torno do pescoço da Ziggy, agarrado com a maior força de que era capaz. Eu não tinha asas para me salvar caso escorregasse.

Do nada, o dragãozão deu um giro no céu. E subiu de novo.

A Ziggy fez o mesmo.

Por um momento, fiquei de ponta-cabeça!

E os dois ainda fizeram mais três *loopings*.

Eu estava me sentindo um piloto da Esquadrilha da Fumaça.

Os dois dragões se revezavam nas acrobacias, como se quisessem falar um para o outro: — Veja só! Você consegue fazer isso também?

Pensei que eu fosse passar mal, mas na verdade foi o Arthur que ficou enjoado.

Acho que é porque ele tem só quatro dias de vida.

Os dois acharam que era o bastante, porque, de repente, começamos a descer de novo, diretamente para o chão.

Fomos tão rápido que achei que atravessaríamos o telhado de casa. Mas, no último segundo, os dois dragões se seguraram e nós pousamos suavemente no quintal.

Os três estão cochilando agora, mas eu queria contar para você o que tinha acontecido.

Edu

De: Eduardo Smith-Pickle
Para: Morton Pickle
Data: Quarta-feira, 26 de outubro
Assunto: Ele se foi
Anexo: Sossego

Querido tio Morton,

Não precisa se preocupar em sair antes do retiro. Pode ficar o tempo que quiser. O dragãozão foi embora, e acho que não vai voltar.

A mamãe disse que ele deve ter outra namorada em algum lugar, e talvez tenha mesmo, mas acho que não foi por isso que foi embora.

Acho que ele veio aqui para ver o filho e, agora que já viu, pode ir embora.

Levar o Arthur para voar deve ter sido a maneira dele de dizer adeus.

Acho que era essa a intenção do papai quando me levou ao cinema antes de voltar para Cardiff.

Está tudo bem tranquilo por aqui, agora que estamos apenas nós cinco.

A mamãe e a Ziggy estão vendo um filme em preto e branco na televisão.

O Arthur e a Emily estão jogando Banco Imobiliário. Nenhum dos dois sabe as regras. Estão só colocando as peças no tabuleiro e fazendo a maior bagunça com o dinheiro. A Emily fica dando risadinhas, e o Arthur está soltando jatos de fumaça pelas narinas.

Espero que você esteja aproveitando o seu último dia no retiro, nos vemos na sexta-feira.

Edu

De: Morton Pickle
Para: Eduardo Smith-Pickle
Data: Sábado, 29 de outubro
Assunto: Re: Ele se foi
Anexos: Lar doce lar; Recorte de jornal

Oi Edu,

Finalmente chegamos em casa, depois de uma viagem interminável de trem e uma travessia turbulenta no barco do sr. McDougall. A casa parece ser bem menor com os dois dragões aqui, apesar de um ser apenas um bebê. Quando o Arthur crescer, vou ter de construir uma casa só para eles.

Quero agradecer mais uma vez por cuidar tão bem deles.

Por favor, diga à sua mãe que eu lamento muito os problemas que eles causaram.

Acho que sua mãe está certa sobre o Arthur. Ter um animal de estimação é muita responsabilidade.

Se eu fosse você, aceitaria a oferta dela. Eu sei que um hamster não é tão legal, mas você pode ter um animal maior quando for mais velho.

Você também pode dizer para sua mãe que eu falava sério sobre o retiro. Deu para ver quanto ela está estressada. Não existe nada que possa ser melhor para ela do que uma semana de silêncio e ioga.

Enquanto ela estiver com o mestre Fasmirrir, você e a Emily poderiam ficar comigo. Sei que a Ziggy e o Arthur adorariam ver vocês — assim como eu.

Com muito amor, do seu afetuoso tio Morton.

P.S.: Você viu isto?

O Escocês

Sábado, 29 de outubro

É UM PÁSSARO?
É UM AVIÃO?
NÃO, É UM DRAGÃO!

Fotografia cedida por Annabel Birkinstock.

Passageiros do voo que ia para Paris presenciaram um espetáculo extraordinário quando duas criaturas enormes apareceram voando ao lado do avião.

Nem o piloto nem os controladores de voo perceberam alguma ocorrência anormal, mas pelo menos cem passageiros estão convencidos de que foram visitados por dragões.

A consultora de moda Annabel Birkinstock quase não acreditou no que via. Ela costuma viajar de Londres

Consultora de moda Annabel Birkinstock.

para Paris pelo menos uma vez por mês, e já viu de tudo — desde David Beckham até a Torre Eiffel —, mas ficou surpresa quando olhou pela janela e percebeu a presença de um dragão voando do lado de fora.

"Primeiro pensei que pudesse ser um pássaro gigante", contou a assustada jovem de vinte e sete anos. "Mas nunca ouvi falar de pássaros que soltam fumaça pelas narinas."

O especialista em aviação Graham Tulse examinou as fotografias tiradas pelos passageiros do avião e afirmou que os "dragões" provavelmente eram apenas uma ilusão de óptica causada pela luz solar e pelas nuvens.

"As aeromoças devem ter servido muitas bebidas grátis", ele ironizou. "Um dos passageiros afirmou inclusive que havia um menino montado nas costas do dragão!"

Annabel Birkinstock discorda. "Eu sei o que eu vi", ela declarou à reportagem ontem à noite. "Aquilo não era arco-íris nem sombras. Eram dragões, sem dúvida nenhuma."

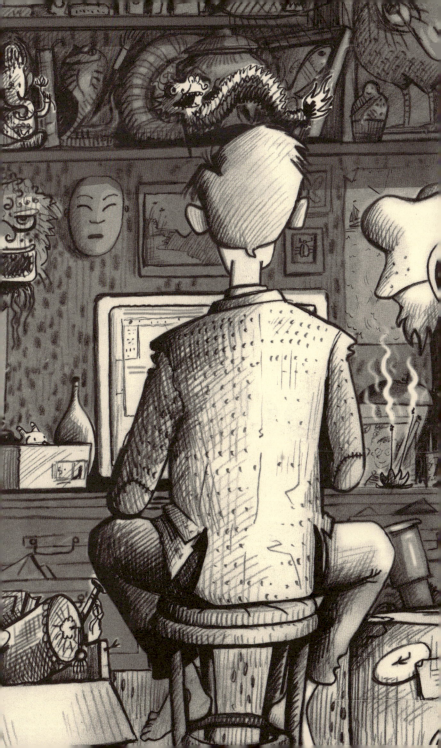

Se você se divertiu com

Babá de Dragão Decolando

vai gostar também destes outros livros da série...

Babá de Dragão

Josh Lacey
Ilustrações de Garry Parsons

Querido tio Morton. É melhor você pegar um avião agora e voltar para cá. Seu dragão comeu Jemima. Emily adorava aquele coelho!

Parecia fácil: Eduardo ia cuidar do incomum animal de estimação do tio Morton por uma semana durante as férias. Mas logo a geladeira está vazia, as cortinas estão em chamas e o carteiro está fugindo pelo jardim.

"Um divertido livro para ser lido e relido várias vezes."
Books for Keeps

Babá de Dragão A Ilha

Josh Lacey
Ilustrações de Garry Parsons

Querido tio Morton. Os McDougall estão aqui. O sr. McDougall não para de gritar e acenar os braços. Ele perdeu três ovelhas em uma semana, ele quer que os dragões mantenham distância até a polícia chegar.

Edu novamente é babá de dragão, mas, dessa vez, ele também está tomando conta da ilha escocesa do tio Morton. E lá há algumas coisas estranhas acontecendo: as ovelhas estão sumindo; e Edu jura ter visto uma criatura misteriosa no lago. Será que mais um dragão estaria morando ali? Parece que Edu terá mais uma grande surpresa!

Instruções para ser babá de dragão

Como você sabe, Ziggy tem um apetite formidável, e vai ficar feliz se comer o dia todo, mas eu tento combinar seus horários de refeição com os meus.

Ele pode comer de tudo, menos *curry* e mingau de cereal.

Por favor, não dê sorvete para ele. Isso acaba com a sua digestão. Ele adora sorvete, portanto não deixe nenhum pote ao seu alcance.

Não se esqueça: os dragões fazem de tudo por chocolate! Eu sempre guardo comigo várias barras de chocolate com frutas e nozes para emergências.

Ziggy não é uma criatura muito agitada. Ele normalmente dorme a noite toda e a maior parte do dia, e não precisa de muito exercício. Se ele ficar um pouco impaciente, solte-o para voar um pouco, e ele deve voltar na hora do lanche da tarde.

Em geral, eu o solto para fazer suas necessidades depois do café da manhã e antes de ir dormir. Acidentes acontecem, e eu com certeza vou pagar por qualquer coisa que for danificada.

Ele fica contente com qualquer lugar em que possa se deitar, até no piso mais frio, mas vai ficar muito grato se tiver um par de almofadas por perto. Por favor, não o deixe dormir na sua cama — eu não quero que ele fique mal-acostumado.

Já cortei as garras dele, portanto você não vai precisar fazer isso. Se precisar, eu aconselho que use uma tesoura de jardim.

Se a urticária voltar, ligue para Isobel Macintyre, nossa veterinária em Baixo Biskett. Veja o número na outra página. Ela conhece bem o Ziggy, e pode ajudar caso a crise o ataque de novo.

Se você tiver uma emergência que não seja médica, tente o sr. McDougall. Vou deixar o número do santuário, mas provavelmente ninguém vai atender. Como o mestre sempre diz: "O silêncio é o som da sua paz interior".

Obrigado mais uma vez por cuidar do Ziggy, e nos vemos na sexta-feira.

M

> **De:** Morton Pickle
> **Para:** Alice Brackenbury
> **Data:** Terça-feira, 8 de novembro
> **Assunto:** Re: Visita à escola

Querida srta. Brackenbury,

Muito obrigado pelo seu *e-mail* encantador. Não havia necessidade de se apresentar. O Edu me disse que adora suas aulas, e posso garantir que isso é um grande elogio vindo do meu sobrinho.

Estou comovido e lisonjeado com o convite que me fez para visitar a escola e dar uma palestra sobre as minhas viagens. Realmente estive em alguns lugares extraordinários e sempre gostei de conversar sobre os meses que passei atrás de pinguins na Patagônia ou sobre minha viagem em uma canoa quebrada no mais distante afluente do rio Amazonas.

No entanto, há alguns anos escolhi morar em uma pequena ilha na costa da Escócia, e tenho muito trabalho por aqui. Além disso, devo confessar que não sou um orador muito bom, e seus estudantes provavelmente ficariam entediados com o meu falatório.

Em vez da minha presença, posso oferecer um exemplar do meu livro? Será publicado por uma pequena editora no ano que vem. O título é: *As serpentes aladas de Zavkhan: à procura de dragões da Mongólia Exterior.*

Eu posso mandar dois exemplares para o Edu e pedir a ele que lhe entregue um na escola. Você poderia ler algumas páginas para os alunos. É óbvio que não pretendo incentivar as crianças a caçar dragões – eles são criaturas quietas e solitárias –, mas gostaria de despertar na nova geração o respeito pela vida selvagem e o desejo de aventura.

Com toda minha consideração,

Morton

MISTO

Papel | Apoiando
o manejo florestal
responsável

FSC® C019498

A marca FSC® é a garantia de que a madeira utilizada na fabricação do papel deste livro provém de florestas que foram gerenciadas de maneira ambientalmente correta, socialmente justa e economicamente viável, além de outras fontes de origem controlada.

Esta obra foi composta em Lucida Sans e impressa em ofsete
pela Geográfica sobre papel Pólen da Suzano S.A.
para a Editora Schwarcz em fevereiro de 2025